Ville de TROYES (Aube)

CABINET

DE FEU

M. LE BRUN DALBANNE

MAI — 1884

CATALOGUE

DE LA COLLECTION

De feu M. LE BRUN DALBANNE

Conservateur du Musée de Troyes

Ex-Président de la Société académique de l'Aube, Membre des Antiquaires
de France, etc.

ON REMARQUE DANS CE CABINET

TRÈS BEAUX

TABLEAUX ANCIENS

PARMI LESQUELS

2 Œuvres capitales de H. JANSSENS

ET

Une Œuvre de Hans MEMLING

AYANT FIGURÉ A L'EXPOSITION RÉTROSPECTIVE DE PARIS, EN 1878

COLLECTION IMPORTANTE DE DESSINS DE MAITRES

REMARQUABLES VITRAUX FRANÇAIS

DES XVe, XVIe ET XVIIe SIÈCLES

VASES, VERRES ET INTAILLES ANTIQUES

Provenant des Fouilles de Canossa et Chypre

FAIENCES ET PORCELAINES

Objets mobiliers anciens, des XVIIe, XVIIIe siècles et Empire

OBJETS DIVERS

SPLENDIDES MANUSCRITS ORNÉS DE MINIATURES

DES XIIe, XIVe, XVe ET XVIe SIÈCLES

Ayant figuré aux Expositions rétrospectives de 1867-1878 et du South Kensington

A TROYES, RUE DES TAUXELLES

Les Jeudi 29, Vendredi 30 et Samedi 31 Mai 1884

A UNE HEURE

Me PLIVARD	M. GANDOUIN
COMMISSAIRE-PRISEUR	EXPERT A PARIS
rue Paillot-de-Montabert, à Troyes	rue Le Peletier, 42
(Aube)	et Hôtel du Mulet, à Troyes (Aube)

EXPOSITIONS

PARTICULIÈRE	PUBLIQUE
Les Lundi 26 et Mardi 27 Mai 1884	Le Mercredi 28 Mai 1884

DE UNE HEURE A CINQ HEURES

Le Catalogue, orné de Photographies de tableaux, **10 francs**

CONDITIONS DE LA VENTE

Elle sera faite au comptant.

Les Acquéreurs paieront CINQ POUR CENT en sus des adjudications, applicables aux frais.

L'Expert chargé de la vente, se réserve la faculté de réunir ou diviser les lots.

Les Tares et Défauts seront annoncés à chaque mise en vente des Objets, et il ne sera admis aucune réclamation une fois l'adjudication prononcée.

En cas de contestation sur une enchère, l'Objet sera immédiatement remis en vente.

L'ordre numérique du Catalogue ne sera pas suivi à chaque Vacation.

LE CATALOGUE SE DISTRIBUE :

à **LONDRES**....... Chez MM. CHRISTIE et Cⁱᵉ, 8 King Street, Saint-James S. W.

à **BRUXELLES**..... — M. LAMPE, Expert des Musées royaux, rue Traversière, 82.

à **LIÈGE**.......... — M. RENARD, rue Saint-Jacques, 1.

à **COLOGNE**....... — MM. BOURGEOIS frères.

à **FLORENCE**...... — M. RIBLET.

à **MILAN** .... — Vᵒ ARRIGONI, Corso Venezia.

à **LYON**........... — M. PINGEON, 41, quai de l'Hôpital.

à **LILLE** .... — M. CARLIER, rue Esquermoise, 7.

à **PARIS** .... — M. E. GANDOUIN, 42, rue Lepeletier, et au *Journal des Arts*, rue Le Peletier, 47.

ORDRE DES VACATIONS

Le Jeudi 29 Mai 1884

Les Dessins de maître, Gravures et Vitraux.

Le Vendredi 30 Mai 1884

Les Objets d'art et d'antiquité, Objets mobiliers, Bronzes, Faïences, etc., etc.

Le Samedi 31 Mai 1884

Les Tableaux, les Manuscrits et Livres.

NOTICE HISTORIQUE

De Feu M. LE BRUN DALBANNE

a Collection, dont les objets sont dési-
gnés dans le présent Catalogue, se
compose en grande partie d'Œuvres
d'art réunies par un Amateur du siècle dernier,
nommé Louis Mercier, échevin de la ville de
Paris sous Louis XV, et dont le portrait peint
par Hallé figure au n° 16. Son fils Louis
Mercier, à qui son père laissa cette Collection,
mourut en 1814, léguant à son tour ses Objets
d'art à son neveu M. Boilletot, négociant à
Troyes, aïeul maternel de M. Le Brun Dalbanne,
à qui ils ont été transmis par héritage.

Le goût naturel de celui-ci pour les beaux-arts le poussa, dans une époque de rénovation artistique, à ne négliger aucune des occasions pour accroître et entretenir une collection déjà fort importante, et à faire l'histoire des artistes de son pays et de leurs œuvres. Il réussit à doubler à peu près les richesses que sa famille lui avait transmises et fut nommé, en 1871, au décès de M. Schitz, Conservateur du Musée de la ville de Troyes. A partir de cette époque, il ne s'occupa plus que de sa précieuse Collection et d'améliorer son installation. A sa mort, il laissa, sans dispositions testamentaires, tous ses trésors artistiques à ses héritiers, ainsi qu'une foule de documents précieux qu'il avait recueillis pour en faire un jour l'histoire approfondie. C'est ce qui nous a facilité singulièrement la tâche que nous avons entreprise de faire un Catalogue s'appuyant sur des bases d'authenticité incontestables.

E GANDOUIN.

TABLEAUX

—

BALEN (Henri Van)

(École flamande, 1560?-1632)

ET

KEERINCKX (Alexandre)

(École hollandaise, 1590-1646)

1 — L'Enlèvement d'Europe.

Œuvre très importante. — Composition de 24 figures

Les compagnes d'Europe sont occupées à parer le taureau sur lequel une draperie est jetée; une des compagnes de la nymphe lui attache des guirlandes de fleurs; près de lui, Europe s'apprête à montrer son courage. Au loin, un golfe et un promontoire s'avançant dans la mer.

Cuivre. — Haut., 88 c.; larg., 1 m. 20.

BLOEMEN (Pierre Van)

(École flamande, 1657-1719)

2 — Le mauvais Joueur.

Dans un intérieur rustique, près d'une cheminée, un homme assis, tête nue, a jeté à terre sa pipe et sa mauvaise carte; près de lui, son partenaire tenant sa pipe et sa chope lui fait des observations d'un air narquois; au fond, d'autres paysans attendent le résultat de l'entretien.

Signé en toutes lettres au-dessus des deux plus importants personnages.

Toile. — Haut., 5o c.; larg., 64 c.

BRAUWER (Adrien)

(École flamande, 1608-1638)

3 — Intérieur de taverne.

Un buveur vu de face, assis sur un banc et accoudé à une table sur laquelle est posée fumante et non éteinte, la mèche qui lui a servi pour sa pipe.

Dans le fond, un buveur et une femme assis sur le même banc s'embrassent.

A gauche, une cheminée, au premier plan, un soulier traîne.

Bois. — Haut., 34 c.; larg., 25 c.

BREUGHEL (Abraham)

(École flamande, 1672-1720)

4 — Couronne de fleurs. Au milieu, un médaillon représentant saint Joseph et l'Enfant.

Bois. — Haut., 42 c.; larg , 35 c

BRUANDET (LAZARE)

(École française du xviiie siècle. — Mort en 1803)

5 — Paysage (Effet de soleil).

Toile. — Haut. 35 c.; larg., 45 c.

CHAMPAIGNE (JEAN-BAPTISTE DE)

(École flamande, 1632-1681)

6 — Le Père de Saint-Pé, oratorien du diocèse de Troyes.

Toile. — Haut., 46 c.; larg., 28 c.

DAEL (D'après VAN)

7 — Bouquet de fleurs.

Toile. — Haut., 64 c.; larg , 54 c.

DANLOUX (PIERRE)

(École française, 1745-1809)

8 — Portrait d'homme.

Vu en buste, tête nue, les cheveux ébouriffés; le costume rouge entr'ouvert laisse voir la poitrine.

Bois, forme ovale. — Haut., 21 c.; larg., 18 c.

DUCREUX (Joseph)

(École française, 1737-1802)

9 — Portrait de Turgot, ministre sous Louis XVI.

Toile, forme ovale. — Haut., 21 c.; larg., 18 c.

ELST (Pierre Van der)

(École hollandaise, XVIIᵉ siècle)

10 — Le Joueur de flageolet.

Collection du duc de Berri.
Signé du monogramme.
Tableau cité dans l'ouvrage de Th. Lejeune.

Haut., 20 c.; larg., 16 c. 5.

ELST (Pierre Van der)

(École hollandaise, XVIIᵉ siècle)

11 — L'Avare.

Collection du duc de Berri.
Tableau cité dans l'ouvrage de Th. Lejeune.
Signé du monogramme.

Bois. — Haut., 20 c.; larg., 16 c. 5.

ELST (Pierre Van der)

(École hollandaise, xviie siècle)

12   Le Buveur de bière.

Collection du duc de Berri.
Signé du monogramme.
Tableau cité dans l'ouvrage de Th. Lejeune.

Haut., 20 c.; larg., 16 c. 5.

ELST Pierre Van der)

(École hollandaise, xviie siècle)

13 — Le Fumeur.

Collection du duc de Berri, cité par Th. Lejeune.
Signé du monogramme.

Toile.— Haut., 20 c.; larg., 16 c. 5.

FALENS (Charles Van)

(École flamande, 1684-1733)

14 — Le Départ pour la chasse.

Très importante composition de cet artiste, imitant
les œuvres de Ph. Wouvermans, œuvre d'un ton blond
et argentin.

Toile. — Haut., 49 c.; larg., 66 c.

GREUZE (Attribué à JEAN-BAPTISTE)

(École française, 1725-1805)

15 — La Peur de l'orage.

Cette œuvre a été reproduite par la gravure.

Bois. — Haut., 41 c.; larg., 31 c.

HALLÉ (NOEL)

(École française, 1711-1781)

16 — Louis Mercier, échevin de la ville de Paris, en 1761.

Ce portrait a été exécuté par Hallé, pour la composition du tableau du Musée de Versailles, représentant en allégorie Minerve annonçant la paix à la ville de Paris, en 1763.

Toile. — Haut., 79 c.; larg., 6 m. 35.

HUE (JEAN-FRANÇOIS)

(École française, 1751-1823)

17 — La Route (Paysage).

Toile. — Haut., 41 c.; larg., 31 c.

JANSSENS (Hieronimus), dit le Danseur

(École flamande. — Florissait vers 1660)

18 — Le Jeu de la main-chaude.

Les personnages formant cette composition sont les portraits de l'archiduc Léopold, vice-roi des Pays-Bas, et de sa cour.

Devant la façade d'un très beau palais, des seigneurs et des dames par groupes divers; au milieu, plusieurs jouent à la main-chaude; une dame en souriant s'apprête à frapper de sa mule le patient dont la tête est cachée dans les mains d'une dame assise; au second plan, un cavalier fait vis-à-vis à l'archiduchesse, et tous deux semblent danser le menuet.

Sous un grand portique, au fond, l'orchestre, des musiciens et nombreux invités.

L'artiste s'est représenté à l'une des fenêtres du palais.

Très importante œuvre de ce maître, d'une exécution claire, spirituelle et très remarquable.

Signé et daté H. Janssens, 1659, dans le piédestal du vase, à gauche.

Toile. — Haut., 84 c.; larg., 1 m 20.

JANSSENS (Hieronimus), dit le Danseur

(École flamande. — Florissait vers 1660)

19 — La Partie de trictrac.

Autour d'une table et devant un superbe palais, des seigneurs et des dames devisent et jouent au trictrac; au second plan, une dame échange un baiser; un autre groupe de personnages se dirige vers le fond du parc; et sur un escalier montant à un magnifique portique, diverses dames descendent pour rejoindre la compagnie.

Les personnages représentés dans cette composition sont les portraits des habitués de la cour de l'archiduc Léopold, vice-roi des Pays-Bas.

Très importante œuvre de ce maître, d'une exécution précieuse et d'une clarté remarquable.

Signé et daté 1660, H. Janssens, dans le piédestal du vase à gauche.

Toile. — Haut., 84 c.; larg., 1 m. 20.

LA FOSSE (Charles de)

(École française; 1636-1716

20 — L'Enlèvement d'Europe.

Signé.

Toile. — Haut., 48 c.; larg., 66 c

LA FOSSE (Charles de)

(École française, 1636-1716)

21 — L'Enlèvement de Proserpine.

Signé.

Toile. — Haut., 48 c.; larg., 66 c.

LAGRENÉE (Jean-Louis-François)

(École française, 1724-1805)

22 — La Mort de Cléopâtre.

Cléopâtre sur un sopha est étendue sans mouvement; près d'elle, Charmion, sa suivante, cherche à lui prodiguer ses soins; à ses pieds, une esclave tuée par l'aspic dont Cléopâtre a essayé le venin; par la porte, se précipitent Antoine et deux guerriers.

Œuvre très importante, signée et datée 1755, gravée par Basan.

Toile. — Haut., 1 m. 03; larg., 1 m. 35.

Tableau cité par Lagrenée, n° 3 du Catalogue manuscrit, qui appartient à M. de Goncourt.

Publié dans le volume des Portraits intimes du xviii° siècle.

Exposition de Troyes de 1864.

Gazette des Beaux-Arts, t. XVII, p. 341.

LAGRENÉE (Jean-Louis-François), l'aîné

(École française, 1724-1805)

23 — L'Amitié consolant la Vieillesse du départ des Amours.

Très belle œuvre de ce maître qui a figuré au Salon de 1787, et citée par Charles Blanc dans son *Histoire des Peintres* (page 6, les Lagrenée).

Ce tableau a été peint pour le roi Louis XVI, et les lettres qui le concernent ont été publiées dans la *Gazette des Beaux-Arts* (Années 1875 à 1878).

Signé et daté de Rome, 1786.

Il est reproduit dans la gravure de Martini représentant le Salon de 1787.

Haut., 74 c.; larg., 1 m. 03.

Inscrit au catalogue de Lagrenée sous le n° 271.

Ce Catalogue appartient à M. de Goncourt.

Acquis par M. L. Mercier fils, en 1814, à la mort de Mme veuve Lagrenée.

LA HYRE (Laurent de)

(École française, 1606-1656)

24 — La Conversion de saint Paul.

Esquisse du tableau mutilé et disparu à l'époque de la Révolution (Était à Notre-Dame de Paris).

Gravé par Ph. Lebas.

Bois. — Haut., 37 c.; larg., 26 c.

LALLEMAND (Jean-Baptiste)

(École française, 1710-1801)

25 — Vue du Palais les Thermes de Dioclétien (Campagne de Rome).

Tableau cité par Th. Lejeune.

Toile. — Haut., 60 c.; larg., 72 c.

LANCRET (École de Nicolas)

(École française, XVIII° siècle)

26 — L'Hiver.

Dans un salon, un groupe de dames travaillent près de deux grandes fenêtres; autour d'elles, les enfants jouent.

Bois — Haut., 55 c.; larg., 45 c.

LARGILLIÈRE (Nicolas)

(École française, 1658-1746)

27 — Portrait de femme.

Ovale toile. — Haut., 27 c.; larg., 21 c.

LE NAIN (Antoine)

(École française, 1568?-1648)

28 — L'Abbé Michel le Masle.

En buste, grandeur nature, ce personnage est représenté vêtu du surplis, la main gauche appuyée sur une canne ; derrière lui et devant une draperie rouge le bâton processionnel de chantre.

Portrait très curieux de ce conseiller du cardinal de Richelieu, dont il était le secrétaire des commandements.

Ce portrait a beaucoup d'analogie avec celui de Simon Vouet, gravé par Moncornet.

Toile. — Haut., 81 c.; larg., 64 c. 5.

LE SUEUR (Eustache)

(École française, 1617-1655)

29 — Mise au tombeau.

Toile. — Haut.,   c.; larg.,   c.

LE SUEUR (École d'Eustache)

30 — La Sainte Face.

Toile. — Haut., 24 c.; larg., 19 c.

LOUTHERBOURG (Philippe-Jacques)

(École allemande, 1740-1812)

31 — Paysage (Effet d'orage).

Bois. — Haut., 23 c.; larg., 39 c.

MEMLING (Hans)

(Ecole flamande. — Mort en 1495)

32 — Sainte Catherine.

Elle est représentée debout, vêtue d'une robe de brocart d'or, relevée, bordée de fourrure et laissant voir une jupe rouge brodée d'or ; son corsage rouge est à plastron de fourrure blanche herminée, et les manches qui couvrent l'avant-bras sont en soie ; un très riche collier d'or ciselé et orné de pierres entoure son cou ; sa chevelure blonde tombe sur ses épaules ; elle est coiffée d'un diadème d'or ciselé, orné de pierres précieuses.

Elle tient de la main gauche un sceptre, et a la main droite appuyée sur une épée ; elle marche sur la roue brisée, instrument de son supplice.

Derrière elle, au second plan, une vue de Bruges ; au delà une plaine traversée par un sentier, et bornée par des collines sur lesquelles sont des monuments.

Au revers, est peint en grisaille saint Jean tenant le calice ; il est représenté dans une niche au sommet de laquelle, et de chaque côté, sont des anges.

Au-dessous de lui, sont peintes les armoiries de la famille de Gondy.

Nota. — Ces armoiries ont été peintes sur d'autres qui existaient postérieurement ; cette transformation a dû être exécutée à l'époque de Louis XIII.

Ce tableau a figuré à l'Exposition rétrospective de 1878, Salle n° 7, Vitrine 13.

Le bruit et les nombreux articles publiés alors sur cette œuvre, dispensent, je crois, d'en faire l'éloge. Les œuvres de ce maître sont d'une rareté excessive.

Bois. — Haut., 33 c.; larg., 11 c. 5.

MIGNARD (Pierre)

(École française, 1610-1695)

33 — Anne d'Autriche.

Vue à mi-corps, assise dans un fauteuil, la tête tournée à gauche, elle est vêtue de velours noir, porte un voile de veuve et tient à la main un bouquet de fleurs d'oranger.

Ce tableau, peint en 1660, porte le n° 71 de l'œuvre de Pierre Mignard cataloguée, dressé par M. Le Brun Dalbanne sur l'ouvrage de l'abbé de Montville.

Toile. — Haut., 1 m. 15 ; larg., 92 c.

MIGNARD (Pierre)

(École française, 1610-1695)

34 — Marie-Louise d'Orléans.

Elle est représentée debout, tournée à gauche, vue jusqu'aux genoux, dans le parc de Saint-Cloud, et cueille un œillet dans un vase de bronze.

Ce tableau, peint en 1679, porte le n° 220 du catalogue sus-précité.

A été gravé en buste par de Larmessin.

Toile. — Haut., 1 m. 15 ; larg., 83 c.

MIGNARD (D'après Pierre)

35 — Catherine Mignard.

Bonne copie du tableau appartenant à M. Dancy de Marcillac.

MONPETIT (Arnaud-Vincent de)

(École française, 1713-1800)

36 — Portrait de Louis Mercier, échevin de la Ville de Paris, en 1761.

Petite peinture miniature au procédé éludorique inventé par l'auteur.

Fixé sous verre.

SABATIER

(École française, xixe siècle)

37 — Paysage.

Toile. — Haut., 37 c. 5 ; larg., 52 c.

SEGHERS (Daniel)

(École française, 1590-1651)

38 — Fleurs et Fruits.

Sur une table recouverte d'un tapis de velours vert est posée une corbeille de tulipes et d'iris, autour de laquelle voltigent papillons et libellules, des fruits sur un plateau d'argent, et à côté un vase de cristal et d'autres fruits.

Gazette des Beaux-Arts, t. IV, p. 362.

Toile. — Haut., 65 c.; larg., 97 c.

SWANEWELT (Herman Van)

(École hollandaise. — Florissait vers 1650)

39 — Paysage d'Italie (Coucher de soleil).

Collection Massey Paillot.

Toile. — Haut., 65 c.; larg., 76 c.

TOURNIÈRES (Robert)

(École française, 1668-1752)

40 — Portrait d'Anne de Noailles, maréchal de camp.

Toile. — Haut., 21 c.; larg., 16 c.

UNTERBERGER

(École autrichienne, xixe siècle)

41 — Port au clair de lune.

VOS (Corneille de)

(École flamande, 1585?-1651)

42 — Tête d'homme.

Il est vu de trois quarts, la tête tournée à droite, en costume noir; le col est entouré d'une fraise.

Toile forme ovale. — Haut., 44 c.; larg., 35 c.

ÉCOLE FLAMANDE

43 — Un Atelier d'artiste.

Toile. — Haut., 60 c.; larg., 78 c.

ÉCOLE HOLLANDAISE

(xviie siècle)

44 — Deux Tableaux (Marines).

DESSINS ANCIENS

BOUCHARDON (Edme)

(École française, 1688-1762)

45 — La Paix.

Sanguine.

La Paix représentée assise, endormie sous un palmier; près d'elle un guerrier, vêtu à l'antique, coiffé du casque et armé, veille sur elle; en exergue et en bas les inscriptions suivantes : *Pax tuta sub armis (extraordinaires des guerres de 1753)*.

Beau dessin d'un travail précieux.

Forme ronde. — Diam., 20 c

BOUCHER (François)

(École française, 1704-1770)

46 — Un Amour.

Aux trois crayons.

Haut., 32 c.; larg., 21 c.

BUONAROTTI (Michel-Angelo)

(École italienne, 1475-1564)

47 — Fragment du Jugement dernier.

Plume et bistre.

Ce beau dessin représente le groupe des élus qui
se trouve à gauche des sept anges, dont les trompettes
donnent le signal du réveil aux trépassés.

Haut., 45 c.; larg., 32 c.

DU MÉME

48 — Une des Sibylles du Vatican.

Plume et bistre.

BUONACORSI (Piero)

dit Perino del Vaga

(École italienne, 1501-1547)

49 — Combat des Centaures et des Lapithes.

Plume lavée de bistre.

Pirithoüs, couvert d'un casque, attaque le centaure
qui veut enlever son épouse Hippodamie ; dans le
fond Thésée, accouru au secours des Lapithes, combat,
la mêlée est effroyable ; les centaures cherchent à
enlever les suivantes d'Hippodamie.

Œuvre très remarquable.

Haut., 21 c. 5; larg , 30 c. 5.

CABAT (Louis-Nicolas)

(École française. — Né en 1812)

5o — Le Rond des Chênes à Vauchassis (Aube).

Plume lavée de sépia.

Signé.

Haut., 21 c. 5; larg., 29 c. 5.

CARRACHE (Louis)

(École italienne, 1555-1618)

51 — Saint Hyacinthe ressuscitant le fils d'une veuve.

Plume lavée de sépia, rehaussée de blanc.

CARRACHE (Annibal)

(École italienne, 1560-1609)

52 — Torse d'homme nu.

Plume lavée de bistre, forme cintrée.

Très belle étude pour motif de plafond, reproduite dans l'*Art pour tous*, 1re année.

CALVAERT (Denis)

(École flamande, 1553-1619)

53 — Moines martyrs.

Pierre noire rehaussée de blanc.

Un moine à genoux va être frappé par un soldat ;
derrière lui, un autre moine les bras levés, fuit les
coups d'épée d'un autre soldat ; au second plan, trois
bourreaux préparent des instruments de supplice ;
dans les cieux, apparition de la Vierge aux martyrs.

Très beau dessin, forme cintrée.

Haut., 41 c.; larg., 21 c. 5.

CASANOVA (François)

(École italienne, 1730-1805)

54 — Charge de cavalerie.

Sépia rehaussée de blanc.

Groupe de cavaliers commandés par un officier en
cuirasse ; tous vus de dos.

Haut., 42 c.; larg., 32 c.

CASANOVA (François)

(École italienne, 1730-1805)

55 — Charge de cavalerie.

Sépia rehaussée de blanc.

Un officier, les bras nus, commande et exécute une
charge suivi de son peloton.

Haut., 42 c.; larg., 32 c.

CICERI (Eugène)

(École française, xixe siècle)

56 — Paysage avec cours d'eau.

Crayon.

Signé et daté 1839.

CHAPERON (Nicolas)

(École française, 1600-1656)

57 — Moïse défendant les filles de Ethro contre l'insolence des bergers.

Plume et encre de Chine.

Haut., 29 c.; larg., 35 c.

CLAUSEL

(École française, xixe siècle)

58 — Les Avares.

Peinture à la cire.

Signé 1853.

Haut., 10 c ; larg , 8 c.

CLERMONT

(École française, xviiie siècle)

59 — Paysage pyrénéen.

Aquarelle.

Un troupeau descend d'une colline et va traverser un gué.

DAVID (Jules)

(École française, xixe siècle)

60 — Portrait de Mme Jenny M....

Aquarelle signée du monogramme.

DUSART (Corneille)

(École hollandaise, 1620-1704)

61 — Kermesse.

Plume lavée d'encre de Chine.

Très importante composition; trente figures concourent à l'ensemble de cette œuvre; à droite, deux couples: l'un assis, l'autre debout; à gauche, une femme soutenant un ivrogne assis, groupe d'hommes et femmes causant; au milieu, danse dirigée par un cornemuseux debout sur un tonneau, hommes et femmes debout et assis regardant; et près d'eux, personnages se querellant; au fond, village et clocher.

Haut., 33 c.; larg., 24 c.

FERRI (Ciro)

(École italienne, 1634-1689)

62 — Jésus et la Femme adultère.

Plume.

FORTIN (Augustin-Félix)

(École française, fin du xviiie et commencement du xixe siècle)

63 — Intérieur d'un temple antique.

Plume rehaussée d'aquarelle.

Haut, 13 c. 5; larg., 16 c.

FRAGONARD (Jean-Honoré)

(École française, 1732-1806)

64 — Bacchus et Ariane.

Pierre noire et encre de Chine.

Bacchus assis élève une coupe remplie de raisins; Ariane, nue et couchée près de lui; des Amours lutinent une nymphe; une autre nymphe vient en courant.

Charmante composition spirituellement exécutée.

Au verso, deux croquis : études de femme et d'homme.

Haut., 16 c. 5; larg., 25 c. 5.

GELLÉE (Claude)

Dit CLAUDE - LORRAIN

(École française, 1600-1682)

65 — Paysage de la campagne de Rome

Plume lavée de bistre.

Au premier plan, un temple carré, la porte postière et des bastions; vaste horizon borné par une chaîne de montagnes.

Haut., 20 c ; larg., 29 c.

Très remarquable dessin.

Collections du comte de Fries, de Lawrence, ae Woodburn.

GOYEN (Jean Van)

(École hollandaise, 1596 - 1656

66 — Paysage et cours d'eau.

Pierre noire lavée d'encre de Chine.

Deux chaumières et quelques arbres; à gauche, barque avec pêcheurs sur laquelle l'un d'eux roule un tonneau; au fond cours d'eau et village.

Haut., 10 c. 5 ; larg., 19 c.

Collections Crozat et Sylvestre.

GONTIER (Linard)

(École française.— Troyes, 1577-1648.

67 — Un Arquebusier sous Louis XIII.

Plume et aquarelle.

Très curieux dessin, d'une exécution simple et distinguée.

Haut., 16 c.; larg., 11 c.

GREUZE (Jean-Baptiste)

(École française, 1725-1805)

68 — Le Paralytique.

Sanguine.

HERLUYSON (Louis)

(École française, Troyes, 1667-1706)

69 — Allégorie relative à la ville de Troyes.

Plume lavée d'encre de Chine et rehaussée de blanc.

Ce croquis a été exécuté pour la décoration d'un des côtés de l'Arc-de-Triomphe, dressé en 1698, à l'occasion de la Fête-Dieu.

Haut., 11 c. 5; larg., 12 c. 5.

Collection de Mgr de Prilly, évêque de Châlons.

HUET (JEAN-BAPTISTE)

(École française, 1746-1811)

70 — Nymphe luttant avec l'Amour.

Plume lavée d'encre de Chine.

Signé et daté 1783.

Forme ovale. — Haut., 95 c.; larg., 11 c.

HUET (JEAN-BAPTISTE)

(École française, 1746-1811)

71 — Chien couché rongeant un os.

Crayon noir et blanc sur papier chamois

Signé et daté 1769.

Haut.,   c.; larg.,   c.

LAGRENÉE (LOUIS-JEAN-FRANÇOIS)

(École française, 1724-1805)

72 — La Charité.

Encre de Chine.

Elle est représentée assise, allaitant un enfant et entourée de plusieurs autres.

Signé et daté 1776.

Haut., 31 c ; larg , 41 c.

Ce dessin a figuré au Salon de 1779 sous le titre ci-dessus.

LA RUE (Louis-Félix de)

(École française, 1720-1765)

73 — Danse de Nymphes et Satyres.

Très jolie composition à la plume lavée de bistre.
Spirituellement exécutée.

Haut., 19 c.; larg., 25 c.

LA RUE (Louis-Félix de)

(École française, 1720-1765)

74 — Sacrifice aux dieux.

Plume lavée de bistre.
Beau dessin formant pendant au précédent.

Haut., 19 c.; larg., 25 c.

LEBRUN (Charles)

(École française, 1619-1690)

75 — Prisonnier enchaîné.

Sanguine.
Étude pour une des figures d'esclaves qui se voient
aux plafonds de Versailles.

Haut., 165 c. ; larg, 25 c

LESUEUR (Eustache)

(École française, 1617-1655)

76 — Sainte Marie-Madeleine.

Sanguine et pierre noire.

A demi agenouillée, elle étend la main vers la robe du Christ.

Étude pour le tableau du Musée du Louvre, n° 519.

MARATTA (Carlo)

(École italienne, 1625-1713)

77 — Tête de Vierge.

Pierre noire et sanguine.

La Vierge est représentée tête baissée, semblant regarder l'enfant.

MIGNARD (Pierre)

(École française, 1612-1655)

78 — L'Extrême-Onction.

Pierre noire estompée rehaussée de blanc.

Un vieillard couché contemple le crucifix qu'il tient; à sa droite, l'ange gardien; à gauche, le diable lui montre un livre; un prêtre lit les prières et près de lui deux clercs à genoux tiennent un cierge et un encensoir; au second plan, la femme et le fils du moribond auquel la Vierge et l'Enfant apparaissent.

Haut., 15 c.; larg., 10 c.

MIGNARD (Pierre)

(École française, 1612-1695)

79 — Tête de vieillard.

Pierre noire, sanguine rehaussée de blanc.

Vue de trois quarts et tournée à gauche.

Haut , 22 c.; larg., 30 c. 5.

MIGNARD (Pierre)

(École française, 1612-1695)

80 — Sainte Famille.

Plume et bistre rehaussés de blanc sur papier gris.

La Vierge assise tient sur ses genoux l'Enfant qui tend ses mains vers une cerise qu'elle vient de prendre dans une corbeille contenant des fruits qu'un ange agenouillé devant elle lui présente; à droite, saint Jean joue avec un agneau; saint Joseph debout derrière la Vierge.

Une draperie relevée laisse voir un paysage.

Haut., 17 c.; larg., 13 c. 5.

MIGNARD (PIERRE)

(École française, 1612-1695)

81 — Sainte Famille.

Beau dessin, plume et bistre rehaussés de blanc, papier gris.

La Vierge est représentée assise sur un fauteuil à dossier très élevé; devant elle, tenant appuyé sur ses genoux l'Enfant nu, ayant la main droite élevée pour bénir, elle joint les mains en regardant un livre qu'un ange agenouillé lui présente, et, de l'autre côté, placé en arrière, saint Joseph debout, tenant un livre, semble suivre cette lecture ; un ange, les mains croisées sur la poitrine, est agenouillé derrière le fauteuil; une gloire d'anges tenant des fleurs et couronnes, descend des cieux; une large draperie relevée laisse entrevoir la façade d'un palais.

Haut., 15 c.; larg., 26 c. 5.

NATOIRE (CHARLES)

(École française, 1700-1775)

82 — Tête de vieillard.

Pastel.

Haut., 10 c., larg., 8 c.

NATOIRE (CHARLES)

(École française, 1700-1775)

83 — Tête de jeune homme.

Pastel.

Signé à droite.

Haut., 10 c.; larg., 8 c.

PATER (Jean-Baptiste)

(École française, 1696-1736)

84 — La Provende.

Sanguine.

Une fillette jette de la graine à des poules et poussins.

Haut., 16 c.; larg., 20 c.

PATER (Jean-Baptiste)

(École française, 1696-1736)

85 — Le Déjeuner.

Un jeune pâtre partage son pain avec un épagneul.

Sanguine.

Très spirituellement exécuté.

Haut., 16 c.; larg., 20 c.

PERNET

(École française, fin du xviiiᵉ siècle)

86 — Différentes Vues des monuments de Rome.

Cinq dessins plume et aquarelle.

Ont été reproduits en couleur par Guyot et Chapuy.

Croquis de forme ronde.

PERRONNEAU (Jean-Baptiste)

(École française, 1715-1783)

87 — Portrait de Voltaire.

Aux trois crayons sur vélin.
Il est vu de trois quart et tourné à gauche.
Signé.

Haut., 8 c.; larg., 6 c.

Signé Perronneau de Linsay.

PICARD (Bernard)

(École française, 1673-1733)

88 — Assemblée de saints.

Plume lavée d'encre de Chine.

Sous les signes du Zodiaque où se célèbrent les fêtes des saints représentés, sont saint Pierre, saint Jean, saint Antoine, saint Nicolas, etc., etc.

Signé B. Picar.

Haut., 14 c. 7; larg., 9 c. 7.

PICARD (Bernard)

(École française, 1673-1733)

89 — La Mort de Méléagre

Plume sanguine lavée d'encre de Chine.

Il est étendu sur un char traîné par quatre chevaux; Atalante et ses suivantes lui prodiguent leurs soins; divers cavaliers suivent le char.

Signé B. Picar.

Haut., 14 c. 7; larg., 9 c. 5.

POUSSIN (Nicolas)

(École française, 1594-1665)

90 — Orphée charmant les animaux.

Pierre noire lavée de bistre.

Haut., 29 c. 5; larg., 21 c. 5.

Collection Arnaud.

NOTA. — Bien qu'il convienne de le laisser figurer sur le Catalogue, pour ordre, ce numéro appartient aujourd'hui au docteur Molé, à qui la famille de feu M. Le Brun l'a donnée.

POUSSIN (Nicolas)

(École française, 1594-1665)

91 — Apollon combattant les Titans.

Plume lavée de bistre.

Le Dieu vient de lancer une flèche ; les Titans sur leurs chevaux fuient ; plusieurs victimes sont couchées à terre au milieu de leurs chevaux.

Haut., 11 c. 5; larg., 18 c. 5.

Collection Arnaud.

PRIMATICE (François)

(École italienne, 1504-1570)

92 — Psyché et l'Amour.

Sanguine lavée partiellement de rose.

Haut., 30 c. 5 ; larg., 22 c.

PRIMATICE (François)

(École italienne. — Mort en 1570)

93 — Les Israélites recevant la manne.

Haut., 10 c.; larg., 15 c.

PRUD'HON (Pierre-Paul)

(École française, 1758-1823)

94 — La Religion.

Crayons noir et blanc sur papier bleuté.

La Religion est représentée assise sur des nuages ; un voile couvre ses yeux, un manteau flotte derrière elle ; la main droite tenant un calice, et le bras gauche levé semble destiné à soutenir la croix.

Étude pour un tableau destiné au château des Tuileries, qui n'a pas dû être exécuté.

A figuré à l'Exposition des Beaux-Arts, par M. Eudoxe Marcille.

Haut., 50 c.; larg., 40 c.

PRUD'HON (Pierre-Paul)

(École française, 1758-1823)

95 — La Vierge portée au ciel par deux anges.

Crayons noir et blanc sur papier bleuté.

Très belle étude pour un tableau de l'Assomption, destiné au palais des Tuileries, commandé en 1816, qui a été terminé en 1819.

Exposition Eudoxe Marcille.

Haut., 60 c.; larg., 45 c.

RAPHAEL (Raphael de Sanzio, dit)

(École italienne, 1483-1520)

96 — Homme nu ; étude pour l'incendie du Borgo-Vecchio.

Sanguine.

Superbe étude d'après nature d'homme nu, tourné à gauche, et suspendu par les mains à une branche d'arbre, la tête de profil à demi masquée par le bras gauche.

Haut., 42 c. 5; larg., 18 c.

RAPHAEL (Raphael de Sanzio, dit)

(École italienne, 1483-1520)

97 — Le Char du soleil.

A la pierre noire et à la plume lavée de bistre, rehaussée de blanc sur papier jaunâtre.

Apollon appuyé sur le bras droit et assis, conduit de la main gauche son char attelé du quadrige qui l'emporte vers les signes du Zodiaque.

La nuit fuit au loin devant lui ; l'aurore le précède répandant la rosée et les fleurs qu'elle prend dans une corbeille que lui présente un génie ; les heures suivent en dansant.

Très beau dessin d'une exécution précieuse.

Forme octogone. — Haut., 22 c.; larg., 33 c.

REMBRANDT (Van Rhyn)

(École italienne, 1606-1669)

98 — Tête de vieillard à longue barbe.

Sépia rehaussée de blanc sur papier teinté rouge.

Il est coiffé d'un turban, enveloppé d'une draperie rayée sur la poitrine.

ROBERT-HUBERT

(École française, 1753-1808)

99 — Ruines de la fontaine Aqua-Julia, à Rome.

Aquarelle.

ROBERT-HUBERT

(École française, 1753-1808

100 — Aqueduc romain.

Aquarelle.

ROTTENHAMER (Jean)

(École allemande, 1566-1604)

101 — Mort de Lucrèce.

Plume lavée de bistre sur papier jaunâtre.

Elle est demi-nue, assise sur un lit de style Renaissance; Collatin la soutient; des Romains et des soldats expriment leur douleur.

Forme ovale. — Haut., 23 c.; larg., 18 c.

RICCI (Sébastien)

(École italienne, 1659-1734)

102 — Rébecca et Eliézer à la fontaine.

Plume lavée de bistre.

Éliézer offre à Rébecca un coffret qu'elle semble hésiter à accepter; ses compagnes la regardent et font avancer le troupeau.

SEIGNEUR

(École française, xixᵉ siècle)

103 — Le Propriétaire et la Portière.

Aquarelle.
Signée.

Haut., 25 c.; larg., 18 c.

SEIGNEUR

(École française, xixᵉ siècle)

104 — Le Maître et le Valet.

Aquarelle.

Signée.

Haut., 25 c.; arg., 18 c.

SCHITZ (Jules-Nicolas)

(École française, xixᵉ siècle)

105 — Le Jardin de la Bibliothèque à Troyes.

Fusain.

Signé et daté 1866.

SCHITZ (Jules-Nicolas)

(École française, xixᵉ siècle)

106 — Paysage historique.

Au fusain.

Salon de 1849.

SCHITZ (JULES-NICOLAS)

(École française, XIXᵉ SIÈCLE)

107 — Sapins dans les Vosges.

Crayon.

Signé.

SCHITZ (JULES-NICOLAS)

(École française, XIXᵉ siècle)

108 — L'Église de Montgueux (Aube).

Crayon.

Haut., 12 c.; larg., 17 c.

SILVESTRE (ISRAËL)

(École française, 1621-1691)

109 — Château en ruines.

Plume et encre de Chine.

Très beau dessin, d'une plume fine et correcte.

Haut., 9 c.; larg., 32 c

STRADANUS (Jean Van Straden, dit)

(École flamande, 1506-1605)

110 — Vénus et l'Amour.

Plume et bistre rehaussés de blanc.
Très beau dessin d'un fini précieux.
Signé Joan Stradanus.
Forme ovale. — Haut.. 17 c. 5; larg., 12 c. 3.
Collection d'Aizemont.

STRADANUS (Jean Van Straden, dit)

(École flamande, 1506-1605)

111 — Jupiter.

Plume et bistre rehaussés de blanc.
Très beau dessin d'un fini précieux.
Signé Joân Stradanus.
Forme ovale. — Haut., 17 c. 5; larg., 12 c. 3.
Collection d'Aizemont.

SWEBACH (Jacques-François-Joseph)

(École française, 769-1823)

112 — Cheval de selle et Piqueur.

Sépia et encre de Chine rehaussés de blanc
Signé et daté 1822.

Haut., 12 c. 5; larg., 19 c. 5.

SWEBACH (Jacques-François-Joseph)

(École française, 1769-1823)

113 — Partie de chasse.

Croquis à la plume.

THÉOLON (Étienne)

(École française, 1739-1780)

114 — La Diseuse de bonne aventure.

VANNI (Francesco)

(École italienne, 1563-1609)

115 — Une Martyre.

Plume lavée de bistre.

Haut. 23 c. 5; larg, 13 c. 7

WATTEAU (Antoine)

(École française, 1684-1721)

116 — Gilles.

Pierre noire rehaussée de blanc sur papier bleu.

Il est debout, en veste ronde, coiffé d'un chapeau, une main dans la poche, l'autre étendue devant lui.

Beau croquis exécuté avec l'esprit qui caractérise ce maître ; au revers, une marque, couronne de baron aux trois C croisés.

Haut., 28 c.; larg., 18 c. 5.

WATTEAU (Antoine)

(École française, 1684-1721)

117 — Dame à la promenade.

A la sanguine.

Elle est vue de dos, coiffée d'une mante et relève sa robe qui découvre ses chaussures à hauts talons.

Très beau croquis, finement et spirituellement touché et qui a servi pour la onzième figure de modes de l'œuvre de Watteau, gravée à l'eau-forte et terminée par Thomassin le fils, 3e partie.

Haut., 13 c. 5 ; larg., 85 c.

VITRAUX ANCIENS FRANÇAIS

DES XVᵉ, XVIᵉ ET XVIIᵉ SIÈCLES

—

GONTIER (LINARD)

(École française. — Troyes, 1577-1648)

118 — Portraits en bustes de Louis XIII et
Anne d'Autriche enfants; entre eux, un
chiffre monogramme entouré de lauriers;
ils sont représentés en costumes de l'époque
de Henri IV; au-dessus, les vers suivants :

> Par ce beau Mariage accomply de tous poinctz
> Le Sceptre des Français et celui de Lespagne
> Suivant l'arrest du ciel ensemble se sont joinctz
> D'un accord éternel que tout heur accompagne.

Peint polychrome.
Fêlure.

Forme rectangulaire. — Haut., 17 c., larg., 25 c.

GONTIER (LINARD)

(École française. — Troyes, 1577-1648).)

119 — Le Chanoine Pinaud, à qui apparaît
la Vierge et l'Enfant (xviiᵉ siècle).

Il est représenté à genoux les mains jointes; devant
lui, dans des nuages, la Vierge debout sur un croissant
tient l'Enfant.

Une banderolle près du chanoine porte ces mots :
O Mater Dei memento mei.

Polychrome.

Ovale. — Haut., 21 c.; larg., 18 c.

GONTIÉR (Linard)

(École française. — Troyes, 1577-1648.).

120 — Jésus, saint Pierre et saint Paul sortant de Jérusalem.

Polychrome,

Ovale. — Haut., 21 c.; larg., 18 c.

121 — Sainte Marguerite (xvi⁰ siècle).

Le dragon sous ses pieds, elle est représentée à demi agenouillée sous un arceau gothique.

Grisaille, bistre.

Forme cintrée. — Haut., 26 c.; larg., 20 c.

122 — La Déposition de la croix (xviᵉ siècle).

Le Christ, étendu à terre, est soutenu par sainte Madeleine, la Vierge et Marie à genoux et priant.

Grisaille, bistre et tons de chair.

Haut. 26 c.; larg., 21 c.

123 — La Résurrection (xvᵉ siècle).

Le Christ sort du tombeau et tient de la main gauche la croix; de la droite il bénit; trois soldats effrayés se sauvent en prenant leurs armes; armures des soldats très curieuses.

Bistre et jaune.

Fêlé.

Forme cintrée. — Haut., 27 c.; larg., 18 c.

124 — Armoiries de Massé Panthoul, imprimeur à Troyes (xvi° siècle).

Sous un arceau gothique, deux griffons-paons aux
ailes éployées ont une patte appuyée sur un écu portant
le chiffre monogramme de cet imprimeur.

L'écu est suspendu à un arbre.

Jaune et bistre.

Forme cintrée. — Haut., 24 c.; larg., 19 c.

125 — La Femme adultère (xvi° siècle).

Dans un temple de style Renaissance, la femme adultère, debout sur une marche, est entourée de ses
accusateurs et de la foule; le Christ, à demi-baissé,
écrit sur le sol.

Forme carrée. — Haut., 21 c.; larg., 18 c.

126 — Saint Claude (xvi° siècle).

Il est représenté debout, en costume monacal, tenant
un livre ouvert de la main droite, et de la main gauche
une croix processionnelle; à ses pieds, la mitre:

Paysage rocheux.

Peint en brun et bistre.

Forme ronde. — Diam., 20 c.

127 — Saint Henri, empereur d'Allemagne (xvi° siècle).

Il est représenté debout, coiffé d'une toque à grandes plumes, cuirassé et enveloppé d'un manteau qui tombe à terre; à ses pieds est un lion couché; il tient de la main droite son épée, et de la gauche une abbaye.

Mêmes couleurs que le précédent.

Forme ronde. — Diam., 20 c.

128 — La Vierge dans sa gloire (xv° siècle).

Elle est représentée debout dans un groupe de nuages entr'ouvert; devant elle l'Enfant Jésus est présenté sur un nimbe.

Grisaille, bistre, jaune, figures rosées.

Diam., 19 c.

129 — L'Annonciation (xvi° siècle).

Près d'un lit la Vierge assise se retourne et écoute la prédiction de l'Ange; une colombe vole sous le rayon céleste.

Intérieur de la Renaissance.

Bistre et jaune, figures en rouge.

Diam., 18 c.

130 — Dieu le Père unissant Adam et Ève (xv° siècle).

Dieu le Père, en costume papal, semble présenter à Adam sa nouvelle création, et il semble leur placer la main dans la main.

Rond, bistre et grisaille.

Diam., 19 c.

131 — Saint Jean et sainte Catherine (xv° siècle).

Curieux vitrail avec inscription gothique.

Grisaille, bistre et jaune.

Rond. — Diam., 20 c.

132 — La Vierge assise, et, sur ses genoux, l'Enfant qui lit dans un livre qu'elle tient de la main gauche ; derrière elle, un rideau richement orné laisse, de chaque côté, voir le paysage (commencement du xvi° siècle).

Grisaille et bistre.

Rond. — Diam., 20 c.

133 — Le Calvaire (xvi° siècle).

Près de la croix où est Jésus, la Vierge et saint Jean.

Grisaille et bistre.

Diam., 20 c.

134 — Deux Armoiries accolées et surmontées
d'un cimier (date 1618).

Multicolore.

Diam., 20 c.

135 — Deux Armoiries écartelées et écu bro·
chant sur le tout, forme d'un écu (xvi° siècle).

Haut., 22 c.

136 — Saint Christophe (xv° siècle).

Il est représenté appuyé sur une branche d'arbre
traversant un cours d'eau, en portant l'Enfant Jésus
sur ses épaules.

Rond. — Diam., 19 c. 5.

137 — La Vierge tenant son Fils mort sur ses
genoux ; au fond, le Calvaire et vue de
ville (xv° siècle).

Rond. — Diam., 18 c.

138 — Berger et Bergère (commencement du
xvi° siècle).

Au milieu d'un parc à moutons, une bergère assise,
ayant sur ses genoux un agneau, écoute un berger lui
faisant un récit ; ils tiennent chacun une houlette.

Costumes curieux de l'époque Louis XII.

Grisaille, jaune et chairs rosées.

Rond. — Diam., 22 c.

139 — Bergère et Cornemuseux (commencement du xvi° siècle).

Près d'un parc à moutons une bergère assise écoute un cornemuseux semblant lui réciter une ballade.

Costumes curieux de l'époque Louis XII.

Grisaille, jaune et chairs rosées.

Diam., 22 c.

140 — Jésus et les Disciples d'Emmaüs (xvi° siècle).

Jésus, assis entre les disciples, est devant une table, il rompt le pain; l'un des deux disciples appuie la pointe du couteau qu'il tient sur ses dents.

Intérieur Renaissance très curieux.

Grisaille, bistre, figures teintées de rose.

Diam., 20 c.

141 — L'Annonciation (xv° siècle).

La Vierge, dans un intérieur gothique, près d'un banc et agenouillée, reçoit la visite de l'Ange.

Objets mobiliers curieux.

Grisaille et bistre.

Diam., 19 c. 5.

142 — Lapidation de saint Étienne (xv° siècle).

Le saint à genoux est entouré d'un soldat et d'un personnage; ils lui jettent des pierres.

Costumes curieux et intéressants.

Grisaille et jaune.

Cintré. — Haut., 24 c. 5.

143 — Douze Feuilles montées en plomb avec Fragments des xve et xvıe siècles, en décor polychrome, têtes de saints et ornements.

Ce numéro sera divisé.

144 — Saint François à genoux (xve siècle).

Peint bistre, jaune et noir.

Diam., 19 c.

145 — Saint Nicolas (xvıe siècle).

Grisaille et jaune, chairs rosées.

Diam., 19 c.

146 — La Vierge en prière (xvıe siècle).

Polychrome.

Diam., 20 c.

147 — Saint Jérôme (xve siècle).

Grisaille, bistre et jaune.

Diam., 22 c.

148 — La Résurrection (xve siècle).

Le Christ sort du tombeau encore enveloppé du linceul, quatre soldats couverts de cuirasses et endormis ne semblent pas s'apercevoir du miracle.

Grisaille, bistre et jaune.

Diam., 20 c.

149 — Henri II, Anne de Bretagne et deux de
ses fils.

Travail moderne.

Haut., 29 c.; larg., 19 c.

150 — La Flagellation. Fragment du xve siècle.

Ton bistre rosé.

Haut., 22 c.; larg., 13 c.

151 — Anges. Fragment du xvie siècle.

Haut., 14 c.; larg., 18 c.

152 — Tête de saint endormi. Fragment du
xvie siècle.

153 — L'Enfant Jésus bénissant. Fragment du
xve siècle.

154 — Tête de saint Jean. Fragment du xv^e
siècle.

155 — Ange en buste, les mains jointes. Fragment du xvie siècle.

156 — Armoiries dans un cartouche, à la croix
de gueules cantonnée de quatre fleurs de
lis d'or sur champ d'azur. Polychrome
xviie siècle.

157 — Ascanius, buste vu de profil. Vitrail moderne.

158 — Tête de jeune homme vue de profil. Vitrail moderne.

159 — Tête de jeune femme vue de profil (xvie siècle).

Très beau vitrail d'un très grand caractère.

Forme ronde. — Diam., 24 c.

160 — Sainte Catherine (xve siècle).

Grisaille et bistre.

Forme ronde. — Diam., 19 c. 5.

161 — La Vierge tenant l'Enfant.

Grisaille, bistre et chairs.

Diam., 20 c. 5.

162 — Écoliers. Fragment du xvie siècle.

Haut., 18 c.; larg., 18 c.

163 — Ange jouant de la flûte. Fragment du xve siècle.

164 — Sous ce numéro, divers Fragments.

OBJETS MOBILIERS

ET

BRONZES D'ART

—

165 — Très grand et très beau Cabinet de l'époque
Louis XIII en ébène sculpté; il est monté sur
un piètement à colonnes torses, et orné à chaque extrémité de cariatides massives hommes,
se terminant en gaîne; les portes qui le ferment sont ornées chacune d'un bas-relief
représentant Bacchus et Ariane; les encadre-
ments en bois guilloché, entourés de dessins
gravés; la frise, l'intérieur des portes ainsi que
les tiroirs sont ornés de dessins d'ornement et
fleurs gravés; à l'intérieur des portes centrales,
est un portique orné de glaces.

Très beau Meuble en parfait état de conservation.

166 — Magnifique et grand Cabinet de l'époque
Louis XIII en ébène sculpté, avec un piètement à colonnes tournées et moulurées; les
portes qui le ferment sont ornées de sujets représentant l'histoire d'Ésaü, et d'une frise
ornée de rinceaux et d'enfants; autour des
sujets ornant les portes sont gravées des fleurs
et ornements; à l'intérieur, les portes au revers et les tiroirs sont décorés de même, et
les portes intérieures ouvertes laissent voir un
intérieur de portique imitant l'entrée d'un
palais.

167 — Pendule à accrocher, avec son socle écaille et
marqueterie de Boulle, cuivre gravé, ornée
de bronzes dorés.

Mouvement de *Baillon, Paris*. Hauteur, socle
compris, 157 centimètres.

168 — Grande Pendule de l'époque Louis XVI, marbre
et bronzes ciselés et dorés.

Mouvement à quantièmes. *Alard, Paris*.

169 — Console en bois sculpté et doré, de l'époque
Louis XVI.

170 — Console de l'époque Empire. supportée par des
cariatides en bronze doré.

171 — Petite et jolie Commode de l'époque Louis XIV,
ornée, sur la face, les côtés et les chutes, de
bronzes ciselés et dorés, à figures et masques.

Très bel état de conservation.

172 — Pendule Louis XVI en marbre blanc, formant
portique et deux colonnes cannelées noires; le
tout orné de bronzes dorés et ciselés. Signée
Harel, à Paris.

173 — Ivoire. — Très beau Christ en ivoire sculpté,
entouré d'un beau cadre en bois sculpté de
forme cintrée, époque Louis XIV.

174 — Paire de Lampes formées par des vases en bronze fumé, ornées de frises d'enfants, de Clodion, monture en bronze doré.

175 — Paire de Chenets de l'époque Louis XIII en cuivre, ornés des armes du Dauphin.

176 — Écran de l'époque Louis XV en bois sculpté peint blanc et partie dorées, feuille en tapisserie au point.

177 — Pendule, forme dite religieuse, de l'époque Louis XIV, ornée de bronzes dorés.

178 — Cheval pris dans ses traits, bronze de Jeckter.

179 — Paire de Chenets en fonte, à figure de moine, de l'époque gothique, provenant de la vente Chavaudon du château de la chapelle Godefroi.

180 — Flambeau de Bouillotte en bronze ciselé et doré, de l'époque Louis XVI.

181 — Paire de Chenets de l'époque Louis XIII, en cuivre fondu.

182 — Pupitre en marqueterie de bois rose, époque Louis XVI.

183 — Paire de Flambeaux en bronze vert et doré, époque du premier Empire.

184 — Grand et magnifique Bureau plat à tiroirs de
chaque côté, en ébène et marqueterie de cuivre, travail de l'époque Louis XIV.

Longueur 190 sur 92 centimètres.

185 — Deux Appliques à deux branches en bronze ciselé
et doré, de l'époque Louis XVI; modèle à
gaîne, vase, et guirlandes de lauriers.

186 — Table à jeu de l'époque Louis XVI, pieds canne-
lés ornés de cuivre.

187 — Autre Table de jeu, de même époque et travail.

188 — Très joli Lustre de l'époque du premier Empire,
en bronze ciselé et doré, et orné de cristaux
taillés.

189 — **Paire** de grands et superbes Candélabres de
l'époque Empire.

Modèle de Percier et Fontaine, Femme en
bronze fumé, debout sur un socle carré en
bronze doré, supportant six lumières également
en bronze doré. Haut. 90 cent.

190 — Paire de Flambeaux en bronze ciselé et doré,
époque Louis XVI.

191 — Autre paire de Flambeaux de même époque et
travail.

192 — Paire de Flambeaux en bronze doré, époque
Louis XV.

193 — Commode demi-lune de l'époque Louis XVI en
marqueterie de bois.

194 — Bronze. — **Pierre Pithou**, petit buste. Reproduction de l'œuvre de Vassé exposée en 1766,
et conservée au Musée de Troyes. Haut. 33 cent.

195 — Bronze. — **Grosley**, petit buste. Reproduction
en bronze fondu par Quesnel. Haut. 20 cent.

196 — Bronze. — Junon. Statuette du xvie siècle, patine
verte. Haut., 33 c.

197 — Bronze. — La Vigilance. Pendant de la précé-
dente et de la même époque. Haut., 33 c.

198 — Bronze. — Le Flûtiste antique. Reproduction du
Musée de Naples. Haut., 16 c.

199 — Bronze. — Le Temps. Haut., 16 c.

200 — Bronze. — Baigneuse, patine verte. Haut., 17 c.

201 — Sous ce numéro, les Objets omis.

MARBRES, ALBATRES & TERRES CUITES

COUSTOU (Guillaume)

(École française, 1678-1746)

202 — Le Printemps.

Très beau groupe de deux enfants, dont l'un debout présente à un autre à demi agenouillé des guirlandes de fleurs.

Grandeur nature.

Terre cuite. Haut., 115 c.

Diamètre de la terrasse, 58 c.

GIRARDON (François)

(École française, 1628-1715)

203 — Le Christ adolescent.

Médaillon en profil demi-relief.

Ovale. — Haut., 35 c.; larg., 28 c.

GIRARDON (François)

(École française, 1628-1715)

204 — La Vierge.

Médaillon en profil demi-relief

Ovale. — Haut., 35 c.; larg., 2 c.

205 — Dionysos oriental. Marbre demi-ronde-bosse.

Bacchus barbu coiffé de pampres. Travail antique grec.

Haut., 18 c.

206 — Vitellius. Marbre antique romain.

> La tête et le col en marbre blanc, la chlamyde en brèche
> africaine, et le socle en rouge de Flandre.
>
> Haut., 42 c., socle compris.

207 — Une Impératrice. Marbre.

> Mêmes observations et travail que le précédent numéro.
>
> Haut., 42 c., socle compris.

208 — César. Albâtre oriental. Antique romain. Socle
en bronze.

> Haut., 40 c., socle compris.

209 — Tibère.

> Mêmes observations qu'au précédent numéro.
>
> Haut., 40 c.

210 — Empereur romain. Marbre antique romain.

> Haut., 44 c.

211 — Empereur romain. Pendant du précédent numéro
et de même époque.

> Haut., 44 c.

NINI (XVIIIe SIÈCLE)

212 — Louis XV couronné de lauriers.

> Médaillon en terre cuite.

NINI (XVIIIe SIÈCLE)

213 — Franklin coiffé d'une toque.

> Médaillon en terre cuite.

NINI (D'après)

214 — Trois Médaillons en terre cuite (Portraits).

215 — Dante. Albâtre.

Petit buste. — Haut., 32 c.

SCULPTURE EN IVOIRE

216 — Ivoire. — Beau Groupe du xiv⁰ siècle. La Vierge,
debout et vêtue de long, tient son divin Fils
assis sur l'avant-bras gauche et a la tête
inclinée vers lui.

Cette remarquable pièce, d'un caractère surprenant, provient d'un bâton processionnel et du couvent des Nonnains de Troyes.

Au revers, reste une partie de la hampe à laquelle était attaché ce groupe.

Haut., 17 c. 5.

ÉMAIL

217 — **Léonard Limousin** (Attribué à). Le Christ en
prière au mont des Oliviers.

Jésus est représenté à genoux regardant les cieux où l'ange des douleurs l'exhorte à supporter ses souffrances ; autour de lui, dans diverses attitudes, les apôtres endormis ; au loin, les soldats conduits par Judas viennent pour l'arrêter.

FAIENCES ET PORCELAINES ANCIENNES

218 — Rouen. — Grand et beau Plat à décor dit rayonnant, chargé au centre d'une grande rosace et,
sur le marli, d'un très beau lambrequin (décor
bleu). Diam., 50 c.

219 — Rouen. — Grand Plat, décor dit à la double
corne d'abondance (polychrome). Diam., 35 c.

220 — Rouen. — Autre Plat, décor polychrome dit à la
corne. Diam., 26 c.

221 — Rouen. — Deux petites Jardinières-Appliques;
décor polychrome fleurs.

222 — Rouen. — Deux Plateaux octogones, décor polychrome rayonnant, composé de lambrequins et
guirlandes de fleurs; au centre, corbeille de
fleurs, à quatre couleurs.

223 — Rouen. — Paire de Bouteilles forme coloquinte
hexagonale, décor bleu rayonnant, à lambrequins.

224 — Sinceny. — Grande Bouteille à panse aplatie,
décor de semis de bouquets au naturel.

225 — Nevers. — Grand Plat de décor bleu, représentant diverses scènes de personnages dans des paysages, et, au centre, l'Annonciation (fêlure). Diam., 45 c.

226 — Chine. — Très beau Plat de la famille verte à décor plein, chargé de réserves rectangulaires semées de fleurs et encadrées de gris; au centre, une réserve ronde ornée de fleurs. Très belle qualité, époque des Ming. Diam., 38 c.

227 — Chine. — Six Assiettes, décor polychrome de fleurs avec rehauts d'or.

228 — Japon.— Grand Plat, décor de fleurs polychromes rehauts d'or.

229 — Japon. — Douze Assiettes, décor polychrome de fleurs à rehauts d'or.

230 — Japon. — Paire de Cornets à décor bleu, forme évasée au sommet du col.

231 — Japon. — Paire de Potiches, décor polychome à rehauts d'or, époque chrysanthemo-paeonienne.

232 — Sous ce numéro, diverses Pièces en faïence et porcelaine ancienne.

ANTIQUITÉS

PROVENANT DES FOUILLES DE CANOSSA

233 — Vase funéraire à une anse, orifice tréflé à anse surélevée, dont la panse et le pied sont formés par la tête et le col d'une femme de type grec.

L'anse est peinte en jaune, l'intérieur de l'orifice en vermillon, le col du vase en noir, et à sa jonction avec le crâne d'un large filet jaune; les cheveux sont ondés et relevés sur le front, restes de peinture pourpre; le chignon est retenu à la tête par une résille peinte en rose quadrillée et pointillée; la face était peinte couleur chair; la bouche en pourpre; le bas du col est terminé par deux lignes creusées en sillons, peintes en jaune; on voit des traces de peintures sur le col qui devaient figurer un collier, ainsi que sous les oreilles qui devaient figurer des pendants.

Collection Prosper Biardot.

Fouilles de Canossa.

Haut., 42 c. 5.

234 — Autre Vase de mêmes époque, style, forme et décor.

Collection Prosper Biardot.

Fouilles de Canossa.

Haut., 42 c. 5.

VASES PEINTS

235 — Œnochoé. Vase à couverte noire, décor peint blanc de rinceaux et figure de Hygiea ; il est à panse renflée, long col droit, dont la partie qui tient à l'anse est surbaissée. Haut., 28 c.

236 — Canthare à deux anses horizontales détachées, couverte noire, palmettes et zones en blanc. Haut., 95 c.

237 — Cylix à anses horizontales, couverte noire et stries gravées, ainsi que palmettes au centre. Diam., 14 c. 5.

238 — Petit Canthare à anses verticales détachées, couverte noire. Haut., 6 c.

239 — Petit Vase à boire sans anses, terre noire. Haut., 10 c.

240 — Œnochoé à panse ovoïde, ornée de godrons (Cumes?); l'anse est supportée par un très beau masque d'Ariane, couverte noire. H. 15 c.

241 — Autre Œnochoé, plus petite et à panse unie. Haut., 13 c.

242 — Vase à une seule anse, de l'orifice à la panse. Haut., 23 c.

243 — Vase à une seule anse, de l'orifice à la panse. Haut., 12 c.

244 — Petit Vase en terre rouge, décoré de zones noires et de disques. Haut., 8 c.

245 — Lampe et une petite Vasque en terre rouge.

VERRES ANTIQUES

PROVENANT DE L'ILE DE CHYPRE

246 — Verre à boire, ouverture évasée, irisation nacrée. Haut., 65 c.

247 — Verre à boire, surface striée, tors, irisation métallique. Haut., 5 c.

248 — Verre à boire, ouverture rétrécie, irisation nacrée Haut., 7 c.

249 — Verre à boire, à côtés droits et base rétrécie, irisation nacrée. Haut., 8 c.

250 — Verre à boire, panse légèrement renflée, irisation nacrée. Haut., 8 c.

251 — Verre à boire, panse s'amincissant en bas. Haut., 55 c.

252 — Verre à boire fond plat. Haut., 6 c.

25 — Coupe fond rond. Haut., 6 c.

254 — Coupe fond plat, avec reliefs extérieurs. H., 4 c.

255 — Verre à boire, Gobelet à bourrelets supérieur et
inférieur, rétréci à sa base. Haut., 10 c.

256 — Flacon à base globulaire, ouverture évasée, irisation nacrée. Haut. 9 c.

257 — Flacon à panse globulaire, col droit, irisation
nacrée. Haut. 55 c.

258 — Flacon pomiforme à col droit, très belles irisa-
tions. Haut., 4 c.

259 — Flacon à panse ovoïde et col droit court, irisation nacrée. Haut. 9 c.

260 — Flacon même forme, col plus long, irisation
métallique. Haut. 10 c.

261 — Flacon à long col droit, belle irisation nacrée.
Haut. 13 c.

262 — Flacon à long col droit, irisation nacrée. H. 12 c.

263 — Flacon à long col droit, irisation nacrée. H. 195 c.

264 — Flacon allongé, col droit, irisation nacrée.
Haut. 19 c.

265 — Flacon long col et à panse aplatie horizontale-
ment, irisation nacrée. Haut. 16 c. 5.

266 — Flacon long col et à panse aplatie, col plus
large. Haut. 14 c.

267 — Flacon long col et à panse aplatie, col plus
large. Haut. 14 c. 5.

268 — Flacon long col et à panse aplatie, col plus large.
Haut. 14 c.

269 — Flacon long col et à panse aplatie. col plus large.
Haut. 17 c. 5.

270 — Flacon long col et à panse aplatie, moins large.
Haut. 17 c. 5.

271 — Flacon long col et à panse aplatie, panse surbaissée. Haut. 15 c.

272 — Petit Flacon à large panse, irisation nacrée
légèrement étranglée. Haut. 7 c.

MANUSCRITS

273 — MANUSCRIT DU XIIe SIÈCLE, sur vélin. —
Psautier contenant 156 pages sans les versos,
dont huit grandes lettres ornées de miniatures,
dont une représentant le roi David jouant du
Cymbalum. La première représente un guerrier tenant la lance et le bouclier reposant à
terre. — Quantité d'autres lettres sont écrites
et dessinées à encres de diverses couleurs. —
Reliure en velours rouge, avec grand fermoir
en argent ciselé, de l'époque Louis XIII.

Livre très curieux et d'une rareté excessive. Les lettres
sont ornées de personnages en costume civil et sacerdotal, très
rares à rencontrer.

Bel état de conservation.

274 — MANUSCRIT DU XIV° SIÈCLE, sur vélin. — Enchiridion predicatoris, 1310.

Ce précieux manuscrit provient de la famille de **M.** de Joursanvault d'Autan et est une compilation écrite au milieu du xv° siècle.

Il contient :

1° Un *Ordo* pour tous les jours de l'année des 55 évangiles.
2° Un traité de la manière dont les prédicateurs doivent distribuer leurs sermons.
3° Un autre traité sur les citations extraites des docteurs, que les prédicateurs peuvent placer utilement dans leurs sermons.
4° Un Nouveau Testament complet.
5° Les Paraboles de Salomon.
6° L'Ecclésiaste.
7° Le Cantique des Cantiques dans son état primitif et sans les retranchements que cet épithalame a subis dans la Vulgate.
8° Les Lamentations de Jérémie.
9° Les Prophéties d'Abacuc.
10° La Prophétie de Malachie.

275 — MANUSCRIT DU XV° SIÈCLE, sur vélin, contenant 500 pages, dont 29 sont ornées de rinceaux et miniatures.

Ce manuscrit a été *exécuté* pour l'église Sainte-Marie-du-Peuple, à Rome.

Voir l'inscription en lettres d'or, page 11. La première lettre est un F. Il est orné d'une miniature représentant la Vierge portant dans ses bras l'Enfant bénissant et, au-dessus, S. M. D. POPOLO.

A l'église Sainte-Marie-du-Peuple est réuni un couvent d'Augustins qui la dessert, et c'est pour leur usage qu'a été composé ce manuscrit, ainsi que l'indique le titre en cursive qui précède le calendrier (Manuale Augustinianum ad usum Basilica Sanctæ Mariæ de Popolo).

L'exécution de ce manuscrit est de la fin du xv° siècle, puisqu'au recto du feuillet 181, on lit qu'Alexandre VI, pape, en 1493, ordonna par une bulle promulguée du monastère de Saint-Marc de Trente, enregistrée à Saint-Marc de Venise, que la fête de saint Augustin serait dans la suite des temps célébrée avec la même solennité que celle d'un apôtre.

Reliure ancienne en veau, écoinçons et fermoir en cuivre ciselé et doré.

**276 — MANUSCRIT DU XVIe SIÈCLE, sur vélin. —
Heures faites à la louange de Dieu, et à l'usage
de Troyes.**

Ce précieux et beau manuscrit est exécuté sur vélin très
fin ; il se compose de 155 feuillets, écrits en caractères demi-
gothiques, en latin ; les lettres initiales sont peintes en partie
or et couleurs et d'une très grande finesse, ainsi que les en-
cadrements.

Il contient :

1° Un Calendrier.
2° Les Heures de la Croix.
3° Les Heures de Notre-Dame.
4° Les Sept Psaumes et Litanies.
5° Les Heures des Trépassés.
6° L'Antienne et Oraison de la Très Sainte Trinité.
7° Oraison de saint Jean-Baptiste.

Les peintures qui ornent ce beau livre sont au nombre
de *quatorze*, encadrées de bordures de fleurs et ornements à
rehauts d'or.

La 1re représente saint Jean à Pathmos.
La 2e — le Christ en croix.
La 3e — la Descente du Saint-Esprit.
La 4e — la Naissance de la Vierge.
La 5e — la Visitation.
La 6e — la Nativité.
La 7e — l'Adoration des Mages.
La 8e — la bonne Nouvelle.
La 9e — la Circoncision.
La 10e — Fuite en Égypte.
La 11e — Couronnement de la Vierge.
La 12e — Prière à la Vierge.
La 13e — Jugement dernier.
La 14e — les trois Morts et les trois Vifs.

Ce manuscrit dont toutes les peintures sont rehaussées
d'or en hachures et en plat, est d'un très remarquable
état de conservation et de compositions originales très
rares.

Ce beau livre a appartenu à la famille de Vaulichères ;
il porte sur plusieurs pages, notamment au calendrier, des
autographes du sieur Canelle de Vaulichères qui le possé-
dait en 1587.

Il a dû être exécuté pour cette famille.

Quelques feuillets modernes, exécutés dans le goût de
l'ouvrage entier, ont été intercalés pour le compléter (Six
feuilles).

Reliure en veau gaufré, avec sujets de l'Ancien et Nouveau Testament.

**277 — MANUSCRIT DU XVIᵉ SIÈCLE, sur vélin. —
Très remarquable Livre d'heures.**

Ce précieux et très beau manuscrit est exécuté sur vélin
très fin; il se compose de 165 feuillets, écrits en caractères
demi-gothiques et en latin; les lettres initiales, les encadre-
ments et les miniatures sont d'une exécution remarquable,
d'un fini très précieux et à fond or et rehauts d'or posés en
hachures de la façon la plus délicate.

Il contient :

1° Un Calendrier dont le recto est orné d'une miniature représentant une
Scène des occupations propres à chaque mois, et dont les personnages
sont en costumes civils du xviᵉ siècle, et les versos sont ornés des
signes du Zodiaque représentés dans des paysages.

2° Les grandes Miniatures dont les titres suivent et dans l'ordre
suivant :

> Saint Jean.
> Le Portement de Croix.
> Le Calvaire.
> La Pentecôte.
> L'Annonciation.
> La Visitation.
> La Nativité.
> L'Adoration des Mages.
> Le Couronnement de la Vierge.
> Descente de Croix.
> Le Baptême du Christ.
> Le Martyre de saint Sébastien.

3° Petites Miniatures dont les sujets sont enfermés dans des cadres de
style Renaissance à rehauts d'or, et représentent :

> Moïse.
> Annonciation.
> Adoration des Mages.
> Résurrection.
> Trahison de Judas.
> Le Christ conduit devant Pilate.
> Le Christ insulté par des soldats.
> Le Christ devant Pilate.
> Le Christ présenté au peuple.
> Le Christ conduit au Calvaire.
> Le Christ sur la Croix.
> La Mise au tombeau.
> Sainte Marie en prière.
> Dieu le Père.
> Jésus-Christ.
> Le Saint-Esprit.
> La Descente de Croix.
> L'Archange saint Michel combattant les démons.
> Saint Jean-Baptite.
> Saint Jean l'Évangéliste.
> Saint Roch.

3° Petites Miniatures dont les sujets sont enfermés dans des cadres style Renaissance à rehauts d'or, et représentent (Suite) :

Jésus-Christ et saint Pierre.
Saint Laurent.
Saint Benoît.
Saint Antoine.
Saint Nicolas.
Saint Denis.
Sainte Marie.
Sainte Catherine.
Sainte Marguerite.
Sainte Agnès.

4° Les petites Miniatures, lettres ornées :

Saint Luc.
Saint Mathieu.
Saint Jérôme.
Sainte Madeleine.
Un Cœur de clercs.
Saint Pierre.
L'Ascension.
Répétition du même sujet.
Le Baptême de Jésus-Christ.
Sainte Marthe à genoux.
Un Saint priant.
Autre Saint les mains jointes.
La Fournaise ardente.
La Pentecôte.
Joueur de viole.
Femme en costume civil priant.
La Vierge.
Saint Joachim.
Sainte Anne.
Sainte Marthe.
Saint en prière.
Sainte en prière.
Saint gardant un troupeau.
Saint à genoux.
Les Apôtres.
La Décapitation de saint Jean.
Saint priant.
Saint priant.
Plusieurs saints priant.
Plusieurs saints priant.
Retour de la terre de Chanaan.
Saint à genoux.
Saint Pierre et les Anges.
Le Veau d'or.
La Vierge et un Évêque à genoux.
Moïse frappant le rocher.
Saint debout.
La Manne.
La Vierge.
Saint Henri.

278 — Sous ce numéro, divers Manuscrits non décrits.

OBJETS DIVERS

279 — **MONTRE** de l'époque Louis XVI, à deux ors, ornée de guirlandes ciselées semées de roses, et d'un émail ovale (tête de femme) encadré de roses. — La châtelaine qui accompagne cette montre est de travail moderne.

A figuré à l'Exposition rétrospective de 1867, citée dans le rapport de M. du Sommerard.

280 — **ÉVENTAIL**, vernis Martin. — Les Plaisirs champêtres, composition dans le goût de Lancret, dix figures. — Très bel état de conservation et exécution parfaite.

A figuré sous le n° 172, à South-Kensington, en 1870.

281 — **Pierre de Lard**. — Confucius en méditation. Demi-relief sculpté, travail chinois.

282 — Boîte en pâte rouge, piquée d'or et incrustations d'or et d'argent gravé et ciselé. Travail de l'époque Louis XV.

LIVRES RARES ET PRÉCIEUX

283 — Quinti Horatii Flacci. Opera omnia. Parisiis. A. Mesnier, Bibliopolam in platea dicta de la Bourse, 1828. *Reliure de Capé.*

Très remarquable petit ouvrage, d'une impression typographique microscopique.   H. 65 c. L. 45 c.

6

284 — M. Tullius Cicero. Lutetiæ, typis Jos. Barbou,
    via Mathurinensium, MDCCLXXIII (1773).

> Vignettes de J.-M. Moreau, gravées par Le Mire, tranche
> dorée, maroq. rouge.   H. 85 c. L. . c.

285 — Entretiens sur l'éloquence de la chaire et du
    barreau. A Paris, chez Jean Guignard et René
    Guignard. MDCLXVI.

> Ex-libris autographe de Grosley, tranche dorée, reliure
> maroq. vert de Capé.

286 — Sous ce numéro, divers Volumes rares, avec
    belles reliures.

287 — Vitrine plate carrée, avec armature en fer.

288-300 — Gravures anciennes diverses, dont beaucoup
    avant la lettre.

301 — Médailles et Monnaies antiques

302 — Objets omis.

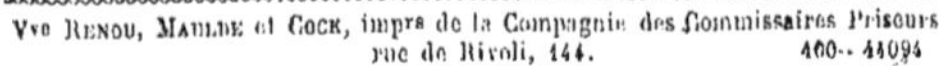

Vᵛᵉ Renou, Maulde et Cock, imprs de la Compagnie des Commissaires Priseurs,
rue de Rivoli, 144.   400-44094

FINIS

www.ingramcontent.com/pod-product-compliance
Ingram Content Group UK Ltd.
Pitfield, Milton Keynes, MK11 3LW, UK
UKHW022331070726
13614UKWH00003B/1042